HALTOM CITY PUBLIC
3 1751 001

D0328898

Coordinador de la colección: Daniel Goldin
Diseño: Arroyo + Cerda
Diseño de portada: Joaquín Sierra
Dirección artística: Rebeca Cerda

A la orilla del viento...

Primera edición: 1993
Segunda edición: 1995
Segunda reimpresión: 1998

Francisco
Hinojosa

ilustraciones de
Rafael Barajas
"el fisgón"

Av. Picacho Ajusco 227; México, 14200, D.F.

ISBN 968-16-4794-7 (segunda edición)
ISBN 968-16-4236-8 (primera edición)

Impreso en México

Amadís de anís...

Amadís de codorniz

FONDO DE CULTURA ECONÓMICA
MÉXICO

❖ AMADÍS era, lo que se dice, un niño goloso. No había dulce, chocolate, chicloso, malvavisco, paleta, mazapán, pirulí, helado, pastel o frasco de mermelada que paseara sus gratos aromas ante su nariz sin que a él le entraran unas ganas feroces de devorarlo.

Sus compañeros de la escuela tenían que esconder muy bien sus golosinas para que Amadís no se las comiera. Su mamá guardaba los frascos de miel de abeja y las galletas arriba del refrigerador, pues creía que su hijo no podría alcanzarlos allí.

Don Pedro, el dueño de la tienda, estaba siempre atento a las manos de Amadís para que no se fuera a llevar sus caramelos de yerbabuena, famosos en toda la colonia. Y su papá le decía todos los días:

—Ya no comas dulces, hijo, se te van a echar a perder los dientes y además no vas a crecer como todos los niños.

Sin embargo, Amadís no sólo tenía unos dientes blancos y brillantes, sino que era también el más alto y fuerte de la escuela. Además, nunca se enfermaba de la panza. Como quien dice: Amadís era un niño lleno de salud.

A la hora del desayuno o de la comida o de la cena, a Amadís le daba por engañar a sus papás: decía siempre que tenía mucha hambre, hacía como que se comía el huevo o la carne o las zanahorias, pero en realidad se guardaba todo en las bolsas de la chamarra o del pantalón y tiraba luego en el cesto de la basura esa asquerosa comida que no sabía a azúcar.

Después empezaba a olfatear, por aquí y por allá, en la cocina o en las mochilas de sus compañeros de la escuela, en las casas de sus vecinos o en la tienda de don Pedro, hasta que el irresistible aroma de las golosinas lo llevaba a apropiarse de una de ellas para devorarla al instante, como un león hambriento al que le echan un jugoso trozo de carne en la jaula.

Era tal su fama que, cuando cumplió ocho años, los invitados a su fiesta le llevaron de regalo cajas de bombones, paletas de grosella, bolsas de chicles, latas de miel de maple, charolas de pastelitos, manzanas cubiertas de dulce, palanquetas de cacahuate y grandes sacos de azúcar pura, blanca, cristalina. En menos de una semana se comió todos sus regalos.

Dos meses más tarde, después de un sueño intranquilo, Amadís despertó en su cama transformado en un niño de dulce. Chupó sus brazos y le supieron a mandarina. Sus ojos eran dos caramelos rellenos de pasa. Las uñas de sus pies olían a kiwi. Podía masticar su propia lengua como si fuera un chicle de cereza y su panza era un redondo y rosado malvavisco que tenía en el centro un ombligo de luneta.

Se levantó de la cama y fue al baño: notó que hacía pipí con olor a vainilla. Asustado por todo lo que pasaba corrió a verse en el espejo: era el mismo Amadís de siempre. Sus ojos rasgados, su barba partida, su pelo chinito, sus dientes de conejo y una oreja un poco más grande que la otra.

Cuando sus papás lo vieron, esa mañana, tampoco notaron ningún cambio en él. Sólo había un olorcito a dulce que flotaba en el aire y que parecía salir de su hijo. Por si las dudas, su papá le advirtió:

—Ya no comas dulces, hijo, se te van a echar a perder los dientes y además no vas a crecer como todos los niños.

—No lo entretengas —dijo la mamá—, tiene que desayunar e irse a la escuela. Yo creo —añadió— que alguno de los vecinos está cocinando pasteles porque huele mucho a... a chocolate...

—No —contestó el papá—, huele a buñuelos recién hechos.

—O a dulce de guayaba...

—No, no, a nieve de sandía...

—Yo no huelo a nada —dijo Amadís de mal humor, se guardó el huevo frito en la bolsa de la chamarra y se preparó para ir a la escuela sin desayunar.

En la escuela, todos notaron también que un extraño olor se había apoderado del salón de clase.

—Huele a canela —dijo Diana en voz alta.

—No —corrigió la maestra mientras trataba de enseñar la tabla de multiplicaciones del ocho—, huele a pay de manzana.

—No —se levantó Cuco—, huele a helado de pistache.

—Yo no huelo a nada —replicó Amadís.

Cuando tocó la campana y todos salieron al recreo, los alumnos y los maestros de otros años sintieron también que algo en el ambiente olía raro, como a mango o natillas o castañas dulces o mermelada de naranja. Mientras, en un rincón del patio, Amadís se chupaba los brazos y las rodillas: le sabían a jengibre y a pirulí de limón.

Fue Diana la primera que descubrió el secreto. Era tanto el antojo que le había despertado el olor de su compañero que se acercó a él y se comió, de un solo mordisco, su dedo índice. Había sido el caramelo de tutti frutti más rico que había probado en su vida.

A Amadís, por lo que se vio, la mordida de su amiga no le produjo ningún dolor. Sólo le dijo:

—No le vayas a decir a nadie que soy un niño de dulce porque me van a acabar.

—Seguro —respondió—, pero déjame comer de vez en cuando un poquito de oreja o de espalda o de pelo: debe saber todo delicioso.

Volvieron al salón de clases a estudiar geografía. La maestra no pudo enseñar mucho ni sus alumnos aprender porque esos olores tan sabrosos no les permitían concentrarse. Hasta que alguien dijo:

—Huele a chicloso.

—No —corrigió otra vez la maestra con voz autoritaria—, huele a piloncillo.

—No, a crema de cacahuate.

—A gomitas.

—A fresas con crema.

—Que no, a muéganos y alfajores.

—¡**No huele a nada!** —dijeron al mismo tiempo Amadís y Diana—, ¡de verdad **no huele a nada!**

Cuando volvió a tocar la campana para anunciar la hora de salida, Amadís se dio cuenta de que su dedo índice, el que le había comido su amiga, estaba otra vez en su lugar.

Antes de despedirse para que cada quien se fuera a su casa, Diana le pidió un pedacito de oreja.

—Bueno, pero no te la vayas a acabar —respondió, aún temeroso de que pudiera dolerle.

Al llegar a su casa, otra vez el mismo cuento: que si huele a jalea de chabacano o a malteada de fresa o a merengue o a flan de caramelo.

Algo todavía más raro sucedió entonces. En cuanto se sentaron a la mesa, a Amadís le entraron unas ganas incontenibles de comer lo que su mamá había cocinado ese día: sopa de calabaza, arroz con zanahorias, pescado con aceitunas y frijoles. Se comió todo como si hubiera sido la golosina más sabrosa del mundo.

Por la noche, sucedió algo semejante: Amadís comió queso, jamón, pan de centeno, pepinillos y jitomate con el

mismo apetito que si le hubieran servido en el plato budín, dulce de coco, acitrones y almendras cubiertas. Comió tanto que esa noche durmió como un lirón.

A la mañana siguiente, su papá volvió a darle su consejo del día:

—Ya no comas dulces, hijo, se te van a echar a perder los dientes y además no vas a crecer como todos los niños.

—Sí, papá —respondió el hijo—, como tú digas.

En la escuela volvió a correr el olor azucarado por los salones de clases, el patio de juegos, la cancha de futbol y la oficina del director. Ya todos en la escuela sospechaban que Amadís no era un niño de carne y hueso sino de chocolate y miel. Y uno de ellos, Cuco, sorprendió a Diana cuando le arrancaba a su amigo, de un solo mordisco, la nariz.

Él fue el primero en seguir los pasos de su compañera. Se acercó a Amadís y le plantó una mordida en el ojo izquierdo, sabor a dulce de menta.

Luego llegaron los otros. Amadís se fue quedando sin dientes, que sabían a caramelos de anís; sin pelo, a coco rallado; sin panza, a malvavisco de fresa; sin boca, a jalea de limón, y sin muchas otras partes. Al final del recreo, cuando tocó la campana, el estado de Amadís era lamentable: sus compañeros lo habían dejado sin brazos, piernas, ombligo, pelo, dientes, nariz, boca y ojos.

Sin embargo, cuando el último de los alumnos entraba al salón de clases, Amadís volvió a tener todas sus partes completas. Corrió entonces a sentarse en su mesabanco.

Al entrar, la maestra se acercó a él y le dijo:

—Voy a ver si es cierto lo que dicen tus compañeros, que eres un niño de dulce —y le pegó una mordida en el cachete—. Oh, oh, es verdad, sabe a colación.

Al llegar de nuevo a su casa, Amadís corrió a la cocina y empezó a devorar la comida directamente de las ollas. Comió el guisado de pulpos, la sopa de papa, la lechuga de la ensalada y el espagueti con jitomate. Cuando se terminó todo, abrió el refrigerador y lleno de hambre se devoró los huevos con todo y cáscara, el jamón, el queso, la salsa de chile y las verduras.

Cuando su mamá llegó a la cocina, se quedó muda de asombro:

—Pero, ¿qué has hecho? ¿Dónde está la comida?

—Es que..., tengo hambre —se quejó Amadís.

—¡Tienes todavía hambre! —gritó la mamá—. ¡Ya te acabaste toda la comida y tienes hambre! De seguro tienes bichos en la panza. Hay que ir al doctor

El papá, que oyó los gritos, se acercó a la cocina.

—Este niño se acabó lo que íbamos a comer...

—Está creciendo —repuso el papá—, así son los niños. Podemos ir a comer a un restaurante.

En el restaurante, ante el asombro de todos, Amadís pidió coctel de camarones, sopa de lentejas, pollo, ravioles, ensalada de berros y tres quesadillas.

—¿Quieres un postre? —le preguntó su mamá.

—No, gracias, ya estoy satisfecho.

Esa noche, después de cenar, Amadís volvió a tener un sueño intranquilo. Amaneció transformado en un niño de sal. Sus manos olían a milanesa y su pelo le supo a paella. Los brazos eran de camarón, la boca de jitomate, la lengua de hígado encebollado y la nariz de queso añejo. Sus dedos eran tentáculos de pulpo.

Asustado, corrió al baño a verse en el espejo: era el mismo Amadís de siempre. Sus ojos rasgados, su barba partida, su pelo chinito, sus dientes de conejo y una oreja más grande que la otra.

Durante el desayuno, volvió otra vez la discusión:

—Huele a chicharrón —dijo el papá.

—No, huele a almejas con ajo —repuso la mamá.

—No, a pavo con castañas...

—A pizza de salami...

—A tacos de pollo...

—¡Yo no huelo a nada! —se enojó Amadís.

Sin desayunar, se despidió de sus papás y tomó su mochila para irse a la escuela.

Llegó Amadís a la escuela, y detrás de él un aroma de enchiladas, carne de ternera, pimiento, lasaña y hamburguesas. En el salón, todos estaban extrañados:

—Huele a queso...

—No, a tortilla de papa...

—A lechuga con vinagre...

—¡No! gritó la maestra—. Huele a gallina con mole.

—No huele a nada —se irritó Amadís—, a nada de nada.

Diana se acercó a su amigo y le pidió un pedacito de oreja.

—Ándale, por favor, tengo una ganas enormes de comer chocolate, por favor...

Amadís no tuvo tiempo de decirle que no, cuando su amiga ya le había arrancado la mitad de la oreja.

—¡Guácatelas! —gritó—. Esto sabe a sopa de betabel...

Al darse cuenta de lo que sucedía, sólo la maestra y el director de la escuela comieron un poco de Amadís: el pelo con sabor a bacalao, las piernas con sabor a langosta en mantequilla y el ombligo con sabor a brócoli.

De regreso a su casa, Amadís se encerró en su cuarto. Tenía ganas de comer otra vez solamente chocolates y mazapanes y donas y... Y estaba seguro de que si lo hacía volvería a convertirse otra vez en un niño de dulce.

Desconsolado, se le salió una lágrima de jugo de carne que rodó por la mejilla de filete de pescado.

Se le ocurrió entonces que la única manera de solucionar su problema era comer como todo el mundo: un poco de comida salada y otro poco de postre. Sólo así podría curarse de esa rara enfermedad.

Sin muchas ganas de probar la sopa de frijol que tenía en el plato, cerró los ojos, se tapó la nariz y se metió a la boca una cucharada sopera. Lo mismo hizo con el filete y las calabazas. Al final, se comió una pera, dos higos y un plato de pastel de fresas.

Por la noche, hizo otra vez el esfuerzo por comer comida salada y postre.

Esa noche durmió en paz: si sus cálculos no fallaban tendría que despertar como un niño normal.

A la mañana siguiente, ya sin olores en la casa, desayunó como todo el mundo y se fue a la escuela, no sin que antes su papá lo aconsejara:

—Ya no comas dulces, hijo, se te van a echar a perder los dientes y además no vas a crecer como todos los niños.

En la escuela lo esperaba una sorpresa. Sus compañeros, la maestra y el director habían descubierto el secreto con el que Amadís podía transformarse en un niño de dulce o en un niño de sal. Sus compañeros despedían olores de jalea, chocolate, cocada, chicloso y cereza, mientras que la maestra y el director olían a chayote, puré de papa, carne molida, alcaparras y espárragos.

Las clases se suspendieron porque unos a otros se empezaron a comer.

Afortunadamente, ese día Amadís, no tenía nada de hambre. ❖

Este libro se terminó de imprimir y encuadernar en el mes de marzo de 1998 en Impresora y Encuadernadora Progreso, S. A. de C. V. (IEPSA), Calz. de San Lorenzo, 244; 09830 México, D. F. Se tiraron 5 000 ejemplares.